Boa Noite,
Lontrinha do Mar

Por Janet Halfmann
Ilustrado por Wish Williams

Good Night,
Little Sea Otter

By Janet Halfmann
Illustrated by Wish Williams

Star Bright Books
Cambridge, Massachusetts

Published in the United States of America by Star Bright Books, Inc.

The name Star Bright Books and the Star Bright Books logo are registered trademarks
of Star Bright Books, Inc. Please visit www.starbrightbooks.com. For bulk orders,
email: orders@starbrightbooks.com, or call customer service at: (617) 354-1300.

Portuguese/English paperback ISBN-13: 978-1-59572-359-8
Star Bright Books / MA / 00209140
Printed in China (WKT) 10 9 8 7 6 5 4 3 2

Printed on paper from sustainable forests and a percentage of post-consumer paper.

Translated by: wintranslation

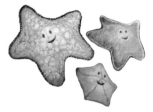

Com muito amor ao meu neto, West.
Tenha doces sonhos, sempre!
— J.H.

With lots of love to my grandson, West.
Sweet dreams forever!
— J.H.

À medida que o sol se punha no horizonte e iluminava gentilmente as algas marinhas, a Lontrinha do Mar se aconchegava no colo da sua Mamãe. A Mamãe afofou tanto o pelo da Lontrinha que a fez parecer uma esponja de pó-de-arroz marrom.

Quando chegou a hora de dormir, a Lontrinha do Mar ainda não estava pronta. "Preciso dizer boa noite às focas," disse ela.

As the setting sun kissed the kelp forest, Little Sea Otter snuggled on Mama's chest. Mama fluffed her fur until she looked like a brown powder puff.

Then it was bedtime, but Little Sea Otter wasn't ready to sleep. "I forgot to say good night to the harbor seals," she said.

A Lontrinha do Mar acenou sua suave e sedosa
patinha em direção à costa rochosa. "Boa noite, focas,"
grunhiu ela.

"Boa noite, Lontrinha do Mar", urraram as focas.

Little Sea Otter waved her soft, silky paw
toward the rocky shore. "Good night, harbor
seals," she squealed.

"Good night, Little Sea Otter," they
snorted back.

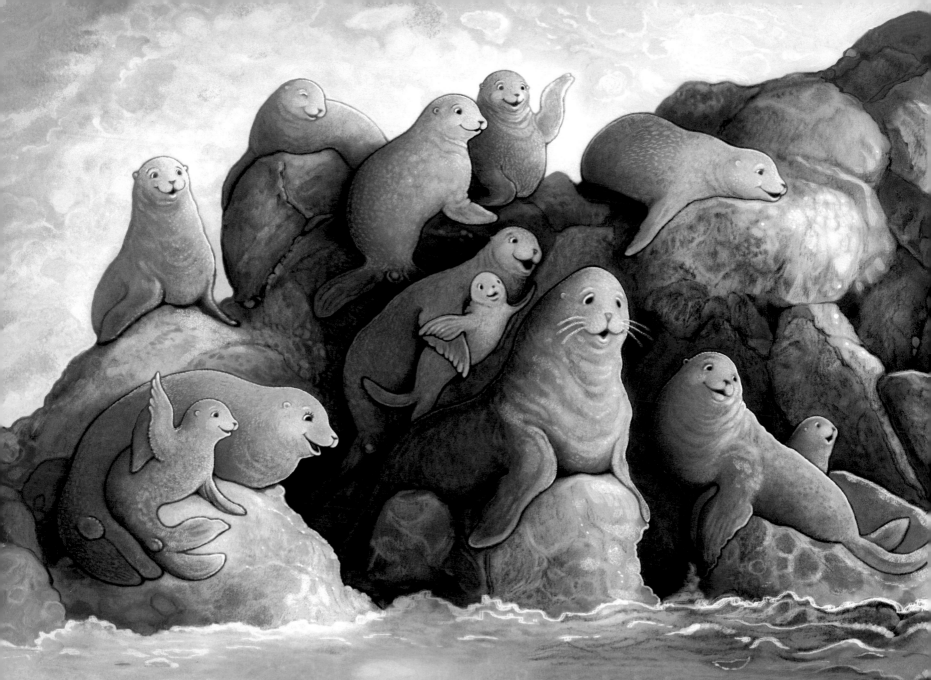

Daí a pouco, o som de latidos altos atravessou as ondas.

"Ah, não posso me esquecer dos leões-marinhos," disse a Lontrinha do Mar.
"Boa noite, papais dos leões-marinhos. Boa noite, mamães dos leões-marinhos e
bebês dos leões-marinhos."

"Tenha um bom sono, Lontrinha do Mar," latiram os leões-marinhos.

Then loud barks bounced across the waves.
"Oh, I can't forget the sea lions," said Little
Sea Otter. "Good night, father sea lions. Good
night, mother sea lions and baby sea lions."
"Sleep tight, Little Sea Otter," barked the
sea lions.

Uma gaivota se aproximou para saber o que estava acontecendo.

"O que é todo este tumulto?" grasnou a gaivota.

"É hora de dormir," disse a Mamãe.

"Boa noite, gaivota," disse a Lontrinha do Mar.

"Bem, então, Lontrinha do Mar, boa noite," grasnou a gaivota, levantando voo à procura de um bom local para descansar.

"Muito bem, é hora de deitar agora," disse a Mamãe. Mas antes que ela pudesse falar mais alguma coisa, a Lontrinha do Mar mergulhou sua face peluda na água gelada.

A seagull swooped down to check out the commotion. "What's this ruckus about?" squawked the seagull.

"It's bedtime," Mama said.

"Good night, seagull," her little pup called.

"Well, then, Little Sea Otter, good night," squawked the seagull, flying off to find a good resting spot.

"Okay, time to lie down now," said Mama. But before she could say another word, Little Sea Otter dipped her furry face into the chilly water.

"Boa noite, peixe alaranjado, peixe amarelo e peixe roxo," disse ela. "Boa noite, peixe listrado e peixe manchado. Boa noite, peixe longo e peixe curto."

"Boa noite, Lontrinha do Mar," balbuciaram todos os peixes soltando bolhas de ar na água.

"Good night, orange fish and yellow fish and purple fish," she called.
"Good night, striped fish and spotted fish. Good night, long fish and short fish."
"Good night, Little Sea Otter," all the fish bubbled and burbled.

"Quem mais está lá embaixo, Mamãe?" perguntou a Lontrinha do Mar.

A Mamãe falou o nome de cada uma das criaturas.

"Boa noite, ouriços do mar e estrelas do mar. Boa noite, moluscos e caranguejos. Boa noite, caracóis e lesmas do mar," disse a Lontrinha do Mar a todos eles.

"Who else is down there, Mama?" Little Sea Otter asked.
Mama named creature after creature.
"Good night, sea urchins and sea stars. Good night, clams and crabs. Good night, snails and sea slugs," Little Sea Otter called to them all.

"Booooooaaaa noooiiiiite, Lontrinha do Mar,"
cantou todo o oceano em coro para ela.

"G-o-o-o-d n-i-i-i-ght, Little Sea Otter," the entire ocean sang back to her.

A Lontrinha do Mar esperou até o último boa noite. "Será que me esqueci de alguém, Mamãe?"

"Sim, esqueceu sim," disse a Mamãe, aconchegando ainda mais a Lontrinha do Mar nos seus braços. "Você se esqueceu de MIM!"

"Ah! Boa noite, Mamãe," disse a Lontrinha do Mar dando risada.

Little Sea Otter waited for the *very last* good night.
"Did I miss anybody, Mama?"

"Yes, you did," she said, scooping her up in her paws.
"You missed ME!"

"Oh! Good night, Mama," she giggled.

Com a Lontrinha do Mar aconchegada junto ao seu corpo, a Mamãe se enrolou toda nas algas. Em pouco tempo, ambas estavam envoltas em fitas de algas marinhas que as manteriam no lugar e evitariam que fossem levadas para o alto-mar durante a noite.

With Little Sea Otter tucked on her chest, Mama rolled over and over in the kelp. Soon they were both wrapped in ribbons of seaweed that would keep them from drifting away during the night.

"Ah não, Mamãe, me esqueci de dizer boa noite à lua e às estrelas,"
disse a Lontrinha do Mar. "Boa noite, lua. Boa noite, estrela grande e
estrela pequena. Boa noite..."
Os olhos da Lontrinha do Mar lentamente foram se fechando...

"Uh-oh, Mama, I forgot to say good night to the moon and stars," said Little Sea Otter. "Good night, moon. Good night, big star and little star. Good night . . ."
Little Sea Otter's eyes slowly closed.

"Boa noite, Lontrinha do Mar," suspirou a Mamãe, beijando a cabeça felpuda da sua filhinha.

"*Nana, nenê,*" sussurou o mar, "*nana, nenê.*"

"Good night, Little Sea Otter," cooed Mama, kissing her furry head.

"*Rock-a-bye,*" whispered the sea, "*rock-a-bye.*"